暴躁的指揮家
與
勇敢的長笛手

文/連純慧　圖/彭蘭婷

德馨慧創

音樂裡，陪孩子成長

2015年8月盛夏之日，我奉夫人之命，開車帶全家到台北參加純慧老師開辦的「親子音樂沙龍」，本來想，這應該又是一個陪夫人小姐進京趕考的行程，為此，我還偷偷帶著閒書以防講座無聊。

想不到，沙龍一開始，全場就陶醉在純慧老師有趣的故事以及悠揚的樂曲裡，不論是大人或小孩，都隨著老師的語言節奏，時而優雅、時而激昂，連我這位原本對古典樂曲過敏者都似乎找到了解藥，改變了體質！那是第一次讓我

體會到，欣賞古典音樂原來可以是這般心滿意足！

當時，學樂器的女兒們演奏的曲目，已不再是瑪莉小綿羊之類的通俗樂曲，而是某某聽不懂的古典音樂，我的心情多少有些不安，因為那畢竟是我比較不熟悉的領域。但，父母有陪孩子成長的責任，我也希望能夠在音樂裡陪伴孩子度過一生僅有一次的童年。很感謝純慧老師讓我在古典音樂的世界裡覓得了可以和孩子們一同共鳴、一起長大的方法！

小兒科專科醫師 李政鴻醫師

3

給大小朋友的話～
關於音樂，也關於勇敢

　　各位大朋友、小朋友大家好！我是這本書的作者連純慧老師，大家都稱我為「純慧老師」。我猜，拿起這本書的你，應該有學樂器，或者，即使沒有學樂器，也對音樂很有興趣吧！即使平常只是喜歡輕輕的哼歌，都可以抬頭挺胸驕傲的說：「我就是愛樂一族！」聲音旋律的美麗，總是讓我們心情愉悅，對萬事萬物充滿希望和感激。

在這本書當中，我即將與大小朋友們分享勇敢的長笛手——古巧慧——的故事。古巧慧是一位從小學習鋼琴和長笛的小女孩，並且在長大的過程中，總是夢想著自己有一天能夠出國留學，在世界舞台上，與來自不同國家的同學們一起練習、一起演奏！就是因為不斷堅持著對未來的夢想，古巧慧從開始學音樂的那天起，每天都非常認真安排自己的時間，放學寫完功課後，也總是捨棄電視卡通或電動玩具等等的誘惑，專心練習鋼琴和長笛的樂曲。雖然偶爾也會覺得很疲累很辛苦，但是練會新曲子的成就感，只能用「無敵快樂」來形容！

不過，這並不表示古巧慧在學習音樂的旅程中不會遇到任何困難與麻煩！事實上，古巧慧想都沒有想過，就在她終於實現出國留學夢想的當下，各種可怕考驗也隨著「恐怖黑色披風客」的出現一步步靠近她以及她的好朋友們！讓他們既緊張又害怕，差點就要對學音樂這件事失去信心和興趣。奇妙的是，在鼓足勇氣克服內心恐懼之後，「恐怖黑色披風客」的出現似乎並不是件壞事，相反的，還是對生命美好的祝福，像雨後的彩虹，那樣綺麗而繽紛。

最後我想說，津津有味讀完這則故事的你可能會猜，長笛手古巧慧是純慧老師的兒童版嗎？純慧老師是藉著古巧慧小朋友說自己的故事嗎？這麼有智慧的問題，就留給各位聰明的腦袋去解開！

畫一則夢想的故事

　　哈囉！ 翻開故事書的大朋友小朋友們， 我是畫畫的蘭婷老師！不知道你們在日常生活中有沒有喜歡從事的興趣呢？ 如果有的話，你曾不曾想像長大後， 這個從小喜歡的興趣， 會成為你的工作、 你的職業呢？ 對我來說， 音樂與繪畫是我當小學生時最熱愛的兩件事， 我的媽媽讓我學長笛， 也讓我上美術班， 雖然後來我選擇當畫家而不是音樂家， 但是古典音樂仍然是我生活中最好的朋友！ 也是畫畫時最好的陪伴！ 甚至在這本書當中， 我可以用色彩與線條為你說勇敢長笛手

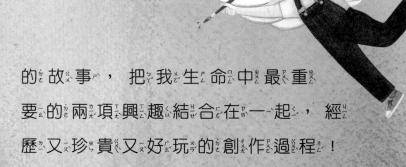

的故事，把我生命中最重要的兩項興趣結合在一起，經歷又珍貴又好玩的創作過程！

其實，在畫這則故事前，我面臨了工作上的重大抉擇，在現實與夢想間徘徊良久，遲遲無法做決定……，最後，在家人與師長的支持下，我終於勇敢投入自己最愛的繪畫領域，擁抱內心最初的、彩色的夢！因此，我真心希望這則故事裡的一筆一畫，也可以鼓勵翻開這本書的你，堅定努力、實現夢想！

目錄(ㄇㄨˋㄌㄨˋ)

一ˋ

喜ㄒㄧˇ歡ㄏㄨㄢ長ㄔㄤˊ笛ㄉㄧˊ的ㄉㄜ˙古ㄍㄨˇ巧ㄑㄧㄠˇ慧ㄏㄨㄟˋ

古巧慧是一位非常喜歡吹長笛的女孩，因為擁有愛好音樂的爸爸媽媽，古巧慧從五歲，也就是幼兒園中班那年開始學習鋼琴，經過大大小小團體班以及個別課的訓練，加上各式各樣不同風格老師們的指導，到了小學三年級的時候，古巧慧已經可以彈奏音樂之父巴哈的《小步舞曲》和神童莫札特的《土耳其進行曲》……等活潑動聽，又讓人耳熟能詳的曲目了！

　　由於鋼琴彈得不錯，古巧慧經常被老師邀請在公開的場合為大家表演，也被指定為上音樂課

時﹏同﹏學﹏們﹏的﹏合﹏唱﹏伴﹏奏﹐ 她﹏完﹏全﹏可﹏
以﹏說﹏是﹏學﹏校﹏裡﹏面﹏最﹏活﹏耀﹐ 也﹏最﹏受﹏
歡﹏迎﹏的﹏小﹏小﹏鋼﹏琴﹏家﹏。

不過，古巧慧其實一直偷偷夢想可以學習一樣能夠隨身攜帶的樂器，譬如坐隔壁的吳彥昕拉的小提琴，副班長林佳萱彈的烏克麗麗，又或者是堂弟古祐廷刷刷刷的吉他，這些親戚朋友們玩的樂器各個都比鋼琴輕巧，隨時隨地心情一來即可拿起演奏。而且拉小提琴的吳彥昕還參加了兒童管弦樂團，結交了好多可以一起合奏又喜歡音樂的朋友，

讓古巧慧非常羨慕，因此她每天每天都在想著，該如何跟爸爸媽媽提出她想要學第二種樂器的請求。

可能是因為古巧慧平時練琴認真，所以上天聽到了她的心聲……。

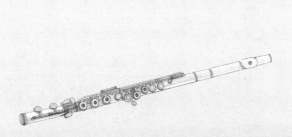

就在某個星期五放學回家後，古巧慧發現客廳的桌上擺了一個長長的木盒，這個木盒是巧克力色的，看起來又漂亮又高級，古巧慧忍不住用手觸摸了一下，「哇！好舒服好光滑啊！我從來都沒有看過這麼美麗的盒子耶！這個盒子裡究竟裝著什麼寶貝啊？」

正當古巧慧想著該不該將盒子打開一探究竟時，媽媽從廚房裡快步走了出來，對古巧慧興奮的說：「巧慧啊！妳看到桌上漂亮的盒子了嗎？快快打開看看裡面裝的是什麼？媽媽保證妳一定會非常非常喜歡這份禮物的！」古巧慧聽媽媽這麼一說，迫不及待將盒子前面金屬的扣環往兩側滑開，喀拉！頓時一陣銀閃閃的亮光映入眼簾，讓她睜大了嘴巴和眼睛……「哇！這是一把美麗的長笛耶！這不正是我夢寐以求

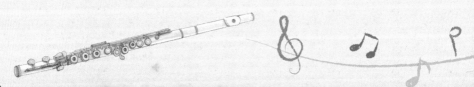

的，可以隨身攜帶的樂器嗎？而且這把長笛好優雅好美麗喔，比我以前看過的任何樂器都漂亮哪！」古巧慧開心的笑著說。

媽媽看見女兒這麼高興，便也笑得合不攏嘴：「是不是超級大驚喜啊！媽媽連長笛老師都幫妳找好囉！從下星期六開始，爸爸就會每週帶妳去上長笛課，以後妳可要認真學習喔！」就這樣，古巧慧開始了她學長笛的旅程。

　　古巧慧是位努力的學生，從開始學長笛後不曾中斷，她經常在各種表演與比賽中吹奏，也跟坐隔壁的小提琴手吳彥昕一起參加管弦樂團。

　　從小到大，長笛就是她最好的朋友，古巧慧快樂的時候吹它，難過的時候吹它，得意的時候吹它，沮喪的時候也吹它，長笛在古巧慧成長的過程中一路相伴，是她最佳的知音。

因為古巧慧實在太愛長笛了，所以在台灣學了很多年之後，用功的她便在爸爸媽媽的鼓勵下考上了美國費城的音樂學校，準備到國外去磨練更上一層樓的吹奏技巧。於是，古巧慧雖然捨不得爸爸媽媽，在機場離別時也哭得唏哩嘩啦的，但是為了追尋夢想，古巧慧還是勇敢的一個人搭上飛機，飛過大半個地球，到達語言和環境都既陌生又新鮮的費城音樂學校，展開她在美國的留學生活。

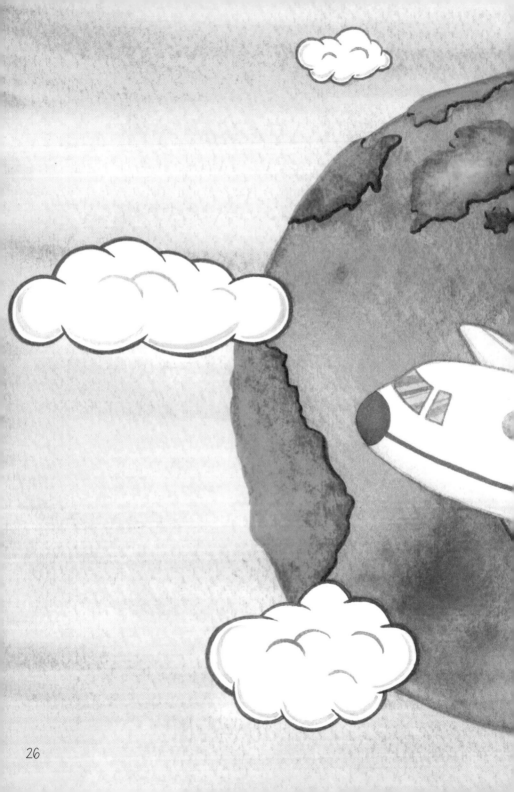

帶著長笛衝了了！順便看看費城有什麼好吃的食物？

美麗的費城

美國的費城是一個充滿藝術氣息的城市，這裡有很棒的音樂學校、舞蹈學校，以及美術學校，所以也住了許多音樂家、舞蹈家，以及畫家，每年都有世界各地熱愛藝術的學生來到這個城市學習。

　　費城的市中心有一條長長的「藝術大道」，在藝術大道上頭建有「費城交響樂團」、「費城歌劇院」，以及「費城芭蕾劇院」，幾乎每天晚上都有五花八

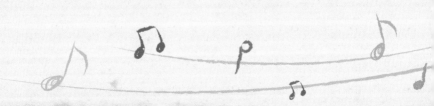

門的節目在這些地方上演。 古巧慧從來沒有到過這麼讓她眼花撩亂的城市， 因此她一到達費城就極度的興奮，「哇哇哇……」的不停發出驚奇的讚嘆， 提著長笛連一句話都說不出來。

32

古巧慧拎著大行李箱到學生宿舍安頓好之後，就趕緊從費城市中心坐地鐵去音樂學校報到。古巧慧的音樂學校古色古香，是一個擁有一百多年歷史的名校。校園裡有鬱鬱蔥蔥的樹木，平平整整的草皮，晶晶亮亮的池塘，以及一幢又一幢別具特色的建築物。

陽光灑灑，微風拂拂，正當古巧慧舒服又幸福的步行到一座古老美麗的教堂前面時，她赫然發現校園的正中央竟然矗立著一座大胖貓頭鷹的雕像！

　　這隻大胖貓頭鷹長得非常可愛，因為頭跟身體都肥肥的，加上翅膀鼓鼓靠在身體兩側，所以看起來根本就像是一顆大貓頭鷹皮球。

「咦～為什麼學校裡會有一隻這麼可愛的貓頭鷹呢？是誰把它放在這裡的啊？我以後每天都會見到它嗎？」被貓頭鷹吸引的古巧慧呆呆的站在貓頭鷹前一個接著一個問題的想著。

「Hey！ Are you a new flutist？ 妳是吹長笛的新生嗎？」突然一陣精神飽滿的聲音將古巧慧從沉思中喚回現實。

「Yes！ I am！ 對啊！ 我是！」古巧慧立刻以流暢的英文回答對方。

「Haha！I saw your flute case！我就知道！我遠遠就看到妳提著一個長笛盒子！I am a new flutist too！My name is James！Very nice to meet you！妳看妳看！我也拿著一把長笛！」James 很友善的與古巧慧交朋友。

接著，James 繼續對古巧慧解釋：「我看妳好像對這隻大胖貓頭鷹很感興趣耶！We call it the Music Owl！昨天一位大姐姐告訴我，這隻音樂貓頭鷹可是什麼音樂都懂喔！它會守護所有在音樂學校裡學習音樂的學生們，非常神奇呢！」

「Wow！The Magic… Music… Owl… 神奇… 音樂… 貓頭鷹… 耶… 」古巧慧聽 James 這麼一說，張大了眼睛。

「Hey！ Hurry up！ Let's go！ Our teacher is waiting for us！ 別再看啦！我們的克萊姆老師已經在教室等我們啦！ 快走快走吧！」古巧慧這才在James 的催促下與他一起狂奔到辦公室報到， 接著兩步併做一步跳上二樓克萊姆老師專屬的長笛教室， 準備迎接新學期的新功課、 新挑戰！

克萊姆老師是美國東岸著名的長笛家， 也是享譽國際的費城交響樂團的長笛首席， 許多來費城音樂學校學長笛的學生都希望克萊姆老師能夠收自己為徒弟。

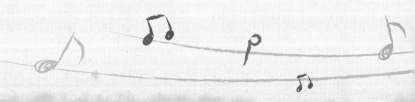

古巧慧因為在台灣的時候就是一位努力的小女孩，加上老天爺的眷顧，她很幸運的在半年前就通過同步視訊考試，成為克萊姆老師班上的弟子。雖然古巧慧曾聽說克萊姆老師和藹可親、熱愛教學，但想到馬上就要親眼認識老師，並且在老師面前吹長笛，古巧慧仍不禁緊張了起來，心怦怦怦的狂跳著。正當她跟James互看一眼，鼓起勇氣準備敲克萊姆老師教室的門時，門突然緩緩的打開了⋯⋯。

「 Come in please. 」古ㄍㄨˇ巧ㄑㄧㄠˇ慧ㄏㄨㄟˋ尋ㄒㄩㄣˊ著ㄓㄜ˙

這ㄓㄜˋ又ㄧㄡˋ溫ㄨㄣ暖ㄋㄨㄢˇ又ㄧㄡˋ厚ㄏㄡˋ實ㄕˊ的ㄉㄜ˙聲ㄕㄥ音ㄧㄣ抬ㄊㄞˊ頭ㄊㄡˊ看ㄎㄢˋ，

她ㄊㄚ望ㄨㄤˋ見ㄐㄧㄢˋ一ㄧˊ位ㄨㄟˋ蓄ㄒㄩˋ著ㄓㄜ˙濃ㄋㄨㄥˊ濃ㄋㄨㄥˊ密ㄇㄧˋ密ㄇㄧˋ落ㄌㄨㄛˋ腮ㄙㄞ

鬍ㄏㄨˊ， 戴ㄉㄞˋ著ㄓㄜ˙咖ㄎㄚ啡ㄈㄟ色ㄙㄜˋ圓ㄩㄢˊ框ㄎㄨㄤ條ㄊㄧㄠˊ紋ㄨㄣˊ眼ㄧㄢˇ鏡ㄐㄧㄥˋ的ㄉㄜ˙

親ㄑㄧㄣ切ㄑㄧㄝˋ先ㄒㄧㄢ生ㄕㄥ正ㄓㄥˋ為ㄨㄟˋ他ㄊㄚ們ㄇㄣ˙開ㄎㄞ門ㄇㄣˊ， 邀ㄧㄠ請ㄑㄧㄥˇ他ㄊㄚ

倆ㄌㄧㄤˇ進ㄐㄧㄣˋ入ㄖㄨˋ。

「我是克萊姆老師，妳是古巧慧，and you are James，right？Welcome to my studio！歡迎成為我的學生！」克萊姆老師開朗的說。

「Yes！」古巧慧與 James 異口同聲的回答。

「Well， 請進來認識Justin 以及Owen， 以後你們四個人要好好相處， 切磋學習。 」克萊姆老師邊說邊引導古巧慧與James 進到教室裡來。

古巧慧向Justin 和Owen 揮揮手說哈囉， 又看看身邊的James 之後心想：「啊！ 我竟然是班上唯一的女生耶！ 怎麼會這樣！ 」

正當古巧慧想著「怎麼會這樣！」的時候，克萊姆老師突然宣布說：「今天是開學第一天，所以你們四個人能聚在一起，從下個星期開始，大家都會分開跟我上個別課，未必每週都見得到面。因此趁著這個難得的機會，你們就吹給彼此聽聽吧！古巧慧妳是唯一的女生，女士優先，妳先表演吧！」

　　「什麼？為什麼這種時候要女士優先哪！男士優先不可以嗎？我願意讓他們全部都優先啊……」古巧慧心裡緊張的吶喊著，然而既是老師的指令，並且早吹晚吹都是要吹，所以古巧慧還是取出了她的長笛，站到大家面前，清吹了一首名叫《熱情》的長笛獨奏曲，表達她對音樂的喜歡以及熱愛。

FIVE

　　在古巧慧之後，同是新生的
James 也吹了《熱情》，Justin 以
及 Owen 因為是學長，又有鋼琴
伴奏同來，所以分別吹了巴哈的
長笛奏鳴曲以及莫札特的長笛協
奏曲，每一首曲子都很有特色，

TAR

悅耳動聽，克萊姆老師對大家的表現都極為滿意，於是給了每個人作業之後，就請大家去學校對面的「五星漢堡店」吃五星級的超級美味大漢堡，與學生們共度了一個愉快的夜晚。

是有多厲害？有我厲害嗎？吃過大漢堡最厲害！

三、

超厲害管弦樂團

古巧慧向克萊姆老師學習一段時日後，師生二人都很喜歡彼此。克萊姆老師對音樂要求嚴格、作業「爆」多；但古巧慧用功專心，從不讓老師失望。

　　除此之外，在古巧慧初到美
國的這段期間克萊姆老師給予她
許多生活上的幫助以及語言上的
指導，因此克萊姆老師很快就成
為古巧慧最尊敬又最喜愛的老
師。

並且， 由於古巧慧個性活潑開朗， 容易相處， 所以她和James、 Justin、 Owen， 以及演奏其他樂器的同學們在很短的時間內就成為好朋友。 這些來自世界各地的音樂學生們都很樂意跟古巧慧一起演奏曲子， 大家無論在室內樂課或交響樂課都合奏愉快， 讓古巧慧不到一個月就愛上費城這個城市， 也愛上溫暖開心的費城音樂學校這個大家庭。

正當所有的音樂學生們都在新學期規律平穩的進行各種各樣的課程時， 學校發生了一件奇怪的事情。 就是——學生們突然發現有一位「恐怖黑色披風客」經常在校園出沒。

這位「恐怖黑色披風客」或者偷看學生練琴，或者偷聽學生上管弦樂課，或者躲在樓梯轉角及樂器放置室觀察學生的一舉一動，又或者直接坐在學生餐廳的某張桌子喝咖啡企圖與學生說話聊天。

因為「恐怖黑色披風客」臉上有一道刀疤、嘴角下垂、目光犀利、佩戴墨鏡，最醒目的是——每次出現都穿黑色披風，所以大家私下都以「恐怖黑色披風客」來稱呼這個大怪人。

原本學生們在見到「恐怖黑色披風客」的第一天就打算向音樂學校的校長報告，無奈當一群學生衝到校長室後竟然發現「恐怖黑色披風客」是校長的好朋友，他摘下墨鏡，但仍穿著披風在校長室裡跟校長有說有笑，吃點心喝茶，臨走前還跟校長拍背握手，好像是認識幾十年的老朋友，看得學生們丈二金剛、一頭霧水。

很快的，「恐怖黑色披風客」就成為校園裡最熱門的話題，因為這位不速怪客是校長的好朋友，所以大家對他一點兒辦法也沒有！只能任由他東看看、西瞧瞧、南聽聽、北跑跑！古巧慧雖然還沒親自被這位披風怪客「盯上」，但已經聽說一堆這位怪客的奇異行徑。

譬如學長Owen三天前在琴房練笛時，怪客突然從他後面伸出頭來冷冷的說：「這個音吹錯了！你沒有發現嗎？你耳朵有帶來琴房嗎？」害Owen學長差點被自己的口水嗆到，頭也差點撞上譜架！

又譬如James在學生餐廳吃午餐吃到一半，披風怪客忽然坐到他對面，兇巴巴的對他說：「喝冰可樂！你吹管樂還喝冰可樂！你到底愛不愛惜自己的身體？你這樣也想當長笛家嗎？」讓James嚇得連放在旁邊的冷開水都不敢喝，三明治呼嚕呼嚕塞到嘴巴裡就頭也不回快快逃離餐廳。

還譬如Justin 上交響樂課快結束時，轉頭看見自己的椅子旁邊竟多出一張黑色凳子，正伸手要將凳子搬開，凳子忽然說：「你今天音很不準耶！你昨天沒睡飽嗎？是不是熬夜看電視、上facebook、傳訊息跟同學聊八卦聊太晚？」原來怪客一直蹲在Justin 旁邊，以黑披風偽裝成凳子偷聽Justin 吹笛。

古巧慧每天都聽不同的同學口耳相傳「恐怖黑色披風客」的事蹟，越聽越毛，不知道哪天「恐怖黑色披風客」就會找上自己⋯⋯。

果然，古巧慧擔憂的事很快就發生了。某天，當古巧慧正與拉小提琴、中提琴、大提琴的同學們合奏莫札特愉悅的《C大調長笛四重奏》時，一顆戴墨鏡的怪怪頭突然出現在琴房門上的小窗口！

古巧慧先是嚇了一跳，接著便假裝沒看見，故作鎮定繼續練習。然而怪怪頭絲毫不肯離開，依舊將額頭貼在窗上，眼睛睜得大大的掃視古巧慧和她的朋友們。

　　小提琴手翻譜時瞥見怪怪頭，尖叫了一聲，中提琴手被小提琴手的尖叫嚇到用弓打掉了大提琴手的眼鏡，沒有眼鏡的大提琴手只好四處亂找，一個不小心絆到椅腳摔得四腳朝天！小小的琴房頓時變成一個混亂的戰場。

古巧慧只好趕緊放下長笛，一邊安撫同學，一邊幫大提琴手找眼鏡，一邊還翻過頭去揮揮手請八成是「恐怖黑色披風客」的怪怪頭離開。

這個時候怪怪頭竟自己開門進來，丟下一句：「小矮子長笛手我們後會有期！See you！」就閃走了。

「真是煩人的傢伙！」被「恐怖黑色披風客」形容為小矮子的古巧慧心有不甘的想著，「誰要See you啊！我送你吸油面紙還差不多！」

兩天後的一早，當所有音樂學校的學生們上大型合奏課快結束時，校長突然與「恐怖黑色披風客」一同走進教室，「恐怖黑色披風客」這天一如往常，還是穿著不知道有沒有洗過的黑披風，表情也是一樣的嚴肅，但墨鏡換成了紅框眼鏡，看起來少了恐怖，卻多了威嚴。

「Good morning， everybody！ 」
校長說。「我來為大家介紹一位
貴客， 相信很多人都已經看過他
了， 他就是來自紐約的著名指揮
家──泰瑞先生。 Welcome！ 」校
長大聲拍手， 大家也只好跟著啪
啪啪啪啪拍個不停。

接著，校長又說：「今年我們很幸運，請到知名的泰瑞先生來到本校，為我們挑出最優秀的學生們一起來組成一個『超厲害管弦樂團』。這個『超厲害管弦樂團』即將在泰瑞先生的帶領下於這個學期末在費城的市政府音樂廳，為大家舉辦超厲害的音樂會，美國東岸所有優秀的音樂家都會來欣賞，大家可要好好表現。等會兒下課後請大家去外面的公佈欄看看自己的名字有沒有

78

在公佈欄上，有的話就恭喜你被泰瑞先生選中，成為『超厲害管弦樂團』的團員。 Good Luck！ 」

　　　　「什麼『超厲害管弦樂團』！我看是『超恐怖管弦樂團』吧！」古巧慧心想。「誰要參加吸油的樂團啊！沒被選中才是Good Luck！」古巧慧想起兩天前琴房變戰場的事，覺得自己對參加「恐怖黑色披風客泰瑞」的管弦樂團一點兒興趣也沒有。

大合奏課下課後，大家紛紛步出教室，你推我擠站在公佈欄前看看自己是否雀屏中選，成為「超厲害管弦樂團」的團員，只有古巧慧一點兒興致也沒有，她慢慢收著心愛的長笛，打算等大家都看完再過去隨便看看。

　　「古巧慧古巧慧妳中了妳中了！妳的名字排第一耶！」James 大叫！

　　「…………………」古巧慧腦中一片空白。

「古巧慧古巧慧好厲害喔好厲害！」不知又是誰在對古巧慧大叫！

「…………………」古巧慧腦中還是一片空白。

81

「古巧慧古巧慧長笛首席耶首席！好多獨奏要吹喔！好棒好棒！」Owen 學長跑過來熊抱古巧慧表示恭喜。

「我ㄨㄛˇ… 嗯ㄣˉ… 我ㄨㄛˇ… 」古ㄍㄨˇ巧ㄑㄧㄠˇ慧ㄏㄨㄟˋ彷ㄈㄤˊ佛ㄈㄨˊ看ㄎㄢˋ見ㄐㄧㄢˋ黑ㄏㄟ色ㄙㄜˋ披ㄆㄧ風ㄈㄥ在ㄗㄞˋ她ㄊㄚ頭ㄊㄡˊ頂ㄉㄧㄥˇ搧ㄕㄢ啊ㄚ搧ㄕㄢ啊ㄚ晃ㄏㄨㄤˋ啊ㄚ晃ㄏㄨㄤˋ… … 如ㄖㄨˊ同ㄊㄨㄥˊ尷ㄍㄢ尬ㄍㄚˋ的ㄉㄜ˙黑ㄏㄟ色ㄙㄜˋ烏ㄨ鴉ㄧㄚ一ㄧ樣ㄧㄤˋ。

「超厲害管弦樂團」
的「超恐怖團練」

DAY 1　第<ruby>一<rt>ㄅ一</rt></ruby>一<ruby>天<rt>ㄊㄧㄢ</rt></ruby>

87

「超厲害管弦樂團」的團練就在名單公布的三天後正式展開，這群被「恐怖黑色披風客」，喔不！應該說是被「名指揮家泰瑞」選上的學生們集合在學校最大間最新穎，設備也最齊全的團練室開始莫札特《第四十號 G 小調交響曲》的排練。這首交響曲是莫札特的名作，寫給長笛、雙簧管、豎笛、巴松管、法國號，以及小提琴、中提琴、大提琴、低音大提琴等樂器演奏，是古巧慧從小到大都非常喜愛的曲目之一，也因為得知要排練的

是這一首曲子，古巧慧排斥「黑色披風泰瑞」的心情才漸漸平復下來。

　　當樂團的同學們正在咿-咿-呀呀嘩-嘩-嘩的熱樂器時，指揮家泰瑞披著招牌黑色披風走進來了，他左手拿著總譜，右手執著指揮棒，沒戴墨鏡一臉嚴肅的上了指揮台，環顧一下四周，用犀利的眼神看一遍每位同學的臉之後，「啪啪啪啪啪……」不耐煩的將指揮棒在譜架上敲了幾下，樂團的所有人就嚇得全都安靜下來。

「兩天前就已經給你們各自聲部的樂譜了，From the top please！我們直接從頭演奏起。」指揮家泰瑞用一種很權威的聲音下指令說。

　　於是，同學們個個認真的拿起了樂器，緊隨著泰瑞的指揮，戰戰兢兢的開始演奏天才神童莫札特的作品。這個熟悉的旋律勾起了古巧慧對自己以前在台灣練兒童管弦樂團的老師以及同學們

的想念， 也讓她想起溫柔的媽媽以及慈祥的爸爸， 還有外公外婆對自己的疼愛與不捨， 她突然之間好想好想家， 一邊吹一邊眼淚都快要忍不住噴出來。

「 Hey ！ Flutist ！ 小矮子長笛手 ！ 」指揮家泰瑞突然大吼。 因為這首樂曲只有一把長笛， 整個樂團內也只有一位「 小矮子 」， 因此古巧慧立刻從溫馨台灣情中被拉回現實來。

「妳是愛現還是吃太多漢堡？」泰瑞非常不高興的將樂團停下來，質問古巧慧。

「我……」古巧慧不懂泰瑞為什麼這樣問，一個字都答不出來。

「整個樂團就妳一把長笛，妳吹那麼大聲是要把大家蓋光光，就聽妳一個人Solo嗎？這不是愛現是什麼？」泰瑞繼續大聲責備她。

「我……」同學們都望著被指責的古巧慧，讓她覺得自己好丟臉，恨不得長出一對翅膀馬上飛回台灣。

「我們繼續！」泰瑞瞟了古巧慧一眼，接著又揮起了指揮棒。

發生這樣的糗事後古巧慧就不敢再神遊了，她很謹慎的吹每一顆音，也很小心的與樂團其他同學們的樂器配合，然而已經被泰瑞盯上的她在這第一次兩小時的團練中不斷被唸、被罵、被瞪、被指揮棒指鼻子，她害怕得只差沒有當場哭出來，或者逃出團練室。

團練完畢後，古巧慧沮喪極了，無論同學們怎麼安慰她，她都無法重拾愉快的心情。就在她邊擦樂器邊嘆氣時，她忽然想起James曾經告訴她的The Magic Music Owl──神奇音樂貓頭鷹──的事！

　　「啊！對了！學校裡的The Magic Music Owl不是會守護所有在音樂學校裡學習音樂的學生嗎？它不是什麼音樂都懂嗎？我應該立刻去找它幫忙才對啊！」於是古巧慧趕緊收拾好長笛，狂奔到校園的大胖貓頭鷹雕像前，想要向傳說中非常厲害的肥肥貓頭鷹求助。

其實團練完畢的時間已晚，費城的天色也相當昏暗了， 貓頭鷹身體的赭紅色與傍晚的彩霞暈在一起， 讓頭腦昏昏脹脹的古巧慧根本看不清楚貓頭鷹的面貌及眼睛。 此外， James 只有告訴她貓頭鷹會守護所有在音樂學校裡學習音樂的學生， 但沒有說是怎麼個守護法？ 加上古巧慧又不會說貓頭鷹話， 因此她只好呆呆地站在貓頭鷹的雕像前， 左思右想該如何跟這隻神奇的貓頭鷹溝通。

終於，古巧慧想起以前爸爸帶她去爬山時曾聽過貓頭鷹的叫聲，所以她確定四下無人後，就學著貓頭鷹的笑聲「呵呵呵呵呵呵……」的笑著希望引起大胖貓頭鷹的注意。但是大胖貓頭鷹一點反應也沒有。於是古巧慧就更大聲的邊笑邊說「呵呵呵呵呵呵……呵呵呵…I am 古巧慧…Nice to meet you……呵呵呵…呵呵呵…」貓頭鷹還是一動也不動……。最後，焦急的古巧慧就用快哭快哭的聲音再勉強裝笑說:「呵呵呵…呵呵呵…Please…I need your help…呵呵呵…求求你啊…」

98

這時，神奇音樂貓頭鷹突然開口了，貓頭鷹說：

「巧慧啊巧慧，妳怎麼為了一點小事就哭哭啼啼、垂頭喪氣的呢？在『超厲害管弦樂團』本來就要接受『超厲害』的訓練，妳要好好的撐住啊！這樣吧！在我背後有一棵勇氣之樹，上面結的綠色果子就是堅定之果，我讓妳帶一顆回家吃，明天妳就會充滿飽飽的勇氣與堅定的信念繼續妳的團練了！」

貓頭鷹話才說完， 一顆美麗
的綠色果子就神奇的落在古巧慧
的手中。 這顆綠色果子看起來鮮
鮮嫩嫩的， 好像會發光一樣。

　　晚飯過後， 古巧慧便將堅定
之果撥開， 迫不及待的咬了一
口⋯⋯ 。

100

「Oh… 酸酸酸酸酸… 」古巧慧差點在學生餐廳尖叫出來！但是為了明天的團練，她還是皺著眉頭、閉著眼睛硬生生將堅定之果「堅定的」整顆吞下肚了。

DAY 2　第二天

　　到了隔天的團練時間， 指揮家泰瑞又穿著不知道是不是跟昨天同樣一件的黑色披風走進來了， 他依舊左手拿著總譜， 右手執著指揮棒， 沒戴墨鏡一臉嚴肅的上了指揮台， 環顧一下四周， 用犀利的眼神看一遍每位同學的臉之後，「啪啪啪啪啪……」不耐煩的將指揮棒在譜架上敲了幾下， 樂團的所有人就又嚇得全都安靜了下來。

「From the top please！」接著，泰瑞就揮啊揮，黑色披風也飛啊飛，古巧慧今天一點也不敢怠慢，非常認真又努力的演奏著。

第一個樂章順利過關後，古巧慧終於鬆了一口氣，正當她享受著悠揚的第二樂章時，「喂喂喂！那位穿藍色上衣拉小提琴的，你有在看我嗎？你眼睛一直看那邊是在做什麼白日夢！」這回泰瑞責備的其實是一位體型瘦小又有斜視的男孩Peter。

Peter 是一位極有天分的小小提琴手，雖然個子小眼睛也不好，但卻非常用功練琴，經常都把樂譜整個背起來演奏。泰瑞當初選他進「超厲害管弦樂團」時Peter 也是背譜拉琴，因此泰瑞根本沒發現Peter 斜視的問題。

而現在，原本就沒有耐性的泰瑞完全不讓Peter 或其他同學開口解釋，就劈哩啪啦不停責怪斜視Peter 是個不專心的學生。

團練後，Peter 好傷心好難過，他偷偷掉著眼淚將心愛的小提琴收進琴盒裡。 這時古巧慧輕輕走到 Peter 身邊拍拍他說：「Peter， 我知道誰能幫助你喔，你琴收好就跟我來吧！ 」於是古巧慧就帶著 Peter 穿過傍晚的校園， 又來到了神奇音樂貓頭鷹的雕像前。

古ㄍㄨˇ巧ㄑㄧㄠˇ慧ㄏㄨㄟˋ左ㄗㄨㄛˇ右ㄧㄡˋ張ㄓㄤ望ㄨㄤˋ確ㄑㄩㄝˋ定ㄉㄧㄥˋ沒ㄇㄟˊ有ㄧㄡˇ別ㄅㄧㄝˊ人ㄖㄣˊ後ㄏㄡˋ， 她ㄊㄚ就ㄐㄧㄡˋ跟ㄍㄣ昨ㄗㄨㄛˊ天ㄊㄧㄢ一ㄧ樣ㄧㄤˋ「呵ㄏㄜ呵ㄏㄜ呵ㄏㄜ呵ㄏㄜ呵ㄏㄜ呵ㄏㄜ⋯⋯」了ㄌㄜ起ㄑㄧˇ來ㄌㄞˊ， 搞ㄍㄠˇ不ㄅㄨˋ清ㄑㄧㄥ楚ㄔㄨˇ狀ㄓㄨㄤˋ況ㄎㄨㄤˋ的ㄉㄜPeter被ㄅㄟˋ古ㄍㄨˇ巧ㄑㄧㄠˇ慧ㄏㄨㄟˋ這ㄓㄜˋ番ㄈㄢ舉ㄐㄩˇ動ㄉㄨㄥˋ嚇ㄒㄧㄚˋ了ㄌㄜ一ㄧ跳ㄊㄧㄠˋ， 他ㄊㄚ還ㄏㄞˊ以ㄧˇ為ㄨㄟˋ古ㄍㄨˇ巧ㄑㄧㄠˇ慧ㄏㄨㄟˋ是ㄕˋ團ㄊㄨㄢˊ練ㄌㄧㄢˋ練ㄌㄧㄢˋ昏ㄏㄨㄣ了ㄌㄜ。

正當 Peter 想將怪怪的古巧慧拉走時，一個聲音突然說：「巧慧啊巧慧，妳不要再學我們貓頭鷹的笑聲了！坦白說，妳學的既不像又⋯有點難聽⋯今天妳來找我是為了好同學 Peter 吧！我告訴你們，學校圖書館旁邊有一個淺淺的溫柔池塘，你們去溫柔池塘水畔撿一顆愛心石頭帶在身上，明天團練就會順利又穩當了！」

聽了貓頭鷹的話後， 古巧慧就與Peter散步到溫柔池塘邊， 各撿了一顆愛心小石頭放在樂器袋裡。 本來古巧慧想要抬一顆超級大尺寸的愛心石頭好讓指揮家泰瑞有多一點愛心， 但因為絕對不可能搬得動而作罷了。

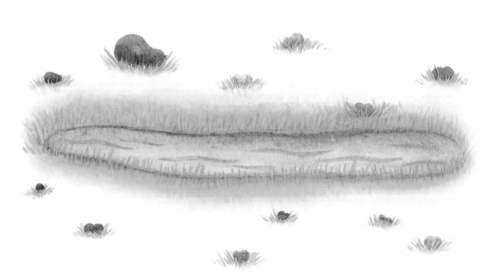

DAY 3　第三天

　　第三天，古巧慧實在已經沒那麼想去團練了，她覺得指揮家泰瑞的脾氣實在太暴躁，指導學生都用吼的，真的令人相當害怕。即使自己已經吞了一顆超酸的堅定之果，長笛袋裡也藏了愛心石頭，然而誰又能料到今天性情古怪的披風客泰瑞會為了什麼事大發雷霆呢？想到這裡，古巧慧肚子都痛了，但如果請假不去團練，下場一定更糟糕，所以她還是打起精神快步走去團練室。

時間一到，指揮家泰瑞就準時抵達，表情與裝扮跟前兩天當然是一模一樣，不過他還沒拿著指揮棒「啪啪啪啪啪……」大敲譜架時，整個樂團就已經鴉雀無聲了。大家心裡一定都跟古巧慧一樣緊張，深怕這位脾氣超大的指揮家今天又會發火飆人！

說也神奇，今天的練習格外順遂，指揮家泰瑞揮啊揮，披風也是飛啊飛，同學們拉啊拉啊

吹啊吹，一個多小時過去了，什麼事也沒發生，即使有同學偶爾犯錯，泰瑞也只是淡淡的糾正一下，既沒有生氣跳腳，也沒有暴躁亂吼，這一次團練的順利平靜，讓古巧慧心裡高興的想：「啊！神奇音樂貓頭鷹給的神奇寶物還真有用呢！我跟Peter從溫柔池塘撿來的兩顆愛心石頭，果然發揮作用了，真是太讚了！」

正當古巧慧沉浸在她歡喜的心情當中時，忽然……

「巴松管巴松管！我已經忍耐妳一個下午了！妳今天為什麼拍子一直慢一直慢一直慢，妳沒有聽到妳都跟不上大家嗎？妳平常有沒有認真練習？妳再這樣下去，乾脆不要唸音樂學校好了！」這次被泰瑞大聲指責的是巴松管手Megan。

Megan 平常是位優秀的學姊，除了主修的巴松管吹的好，也彈得一手好鋼琴。她昨天晚上練完琴因為夜色低垂，趕最後一班公車回家時跑太快跌倒手掌擦傷，直到今天都還非常疼痛，所以按巴松管上的鍵盤時無法像平常一樣靈活，泰瑞不知道這樣的緣故，因此嚴厲的講了學姊一頓。

「我⋯⋯ 」Megan 想要向泰瑞解釋。

「我什麼我⋯⋯ 拍子跟不上還想找什麼藉口！ 樂團裡面年紀比妳小的學生都演奏的比妳好！妳不會覺得慚愧嗎？ 」指揮家泰瑞數落人的聲音轟轟轟像打雷一般， Megan 完全不敢再解釋下去。

團練結束，古巧慧果然立刻聽到 Megan 學姊難受的啜泣聲。於是她拉一拉 Peter 的衣角，兩個人一起走過去輕輕的對 Megan 學姊說：「親愛的學姊，我們帶妳去一個神奇的地方喔……」之後，他們三個人就出現在貓頭鷹雕像的面前。

這次古巧慧再也不學貓頭鷹的笑聲了，她閉上眼睛誠心誠意的對神奇音樂貓頭鷹的雕像說：「守護大家的貓頭鷹啊，不好意思，我們又來找你幫忙了！請你幫助我們的Megan 學姊重拾信心好嗎？我們一定會非常感激你的！」

古巧慧還沒說完，貓頭鷹雕像就「呵呵呵呵呵呵……」的笑了起來，並且回答說：

「魔力琴房！你們需要的是音樂學校一樓最左邊的那一間練琴絕對不會受到打擾的魔力琴房！只要對著魔力琴房裡面的潛力鏡子練琴，什麼困難都可以克服！就算擦傷的手有一點疼痛，潛力鏡子還是可以幫你度過難關！你們趕緊去魔力琴房好好的練習吧！我保證你們一定會通過指揮家泰瑞給的考驗的！」

「謝謝貓頭鷹！哇！快去快去！我們趕緊去魔力琴房練習！」Megan 在來不及弄懂這一切的時候就被古巧慧與 Peter 拉著去所謂的「魔力琴房」練習了。

123

從這天之後，只要指揮家泰瑞對誰發火，古巧慧就帶誰去吃酸得要命的「堅定之果」，撿大大小小的「愛心石頭」，或輪流使用「魔力琴房」，她與同學們互相扶持，彼此安慰，相互打氣，一路勇敢的與難纏的黑色披風指揮家相處到學期末，音樂會來臨的那一天。

五ㄨˇ、

永ㄩㄥˇ遠ㄩㄢˇ都ㄉㄡ要ㄧㄠˋ期ㄑㄧˊ待ㄉㄞˋ著ㄓㄜˊ
美ㄇㄟˇ好ㄏㄠˇ的ㄉㄜˊ明ㄇㄧㄥˊ天ㄊㄧㄢ

終於，時間來到了「超厲害管弦樂團」在市政府音樂廳表演的大日子。這天費城市中心非常熱鬧，人山人海，有來欣賞自己孩子或孫子表演的爸爸媽媽、爺爺奶奶；有「超厲害管弦樂團」

團員自己邀請的許多好朋友；有因為好奇而買票來城裡欣賞的愛樂者；當然還有當初音樂學校校長所說的——美國東岸所有優秀的音樂家們。

古巧慧因為家人朋友都在台灣，所以沒有人能夠特別飛來費城聆賞她的演奏，然而由於同學們都對她很友善，古巧慧與同學們的親戚朋友們也相處得非常開心，絲毫沒有寂寞的感覺。她覺得自己好幸運也好幸福，可以看到這麼大的世界，認識這麼多不同的朋友。

「啪啪啪啪啪… 」市政府音樂廳的燈光閃閃亮起，觀眾們的掌聲也陣陣響起，「超厲害管弦樂團」的團員們已經就定位，等待指揮家泰瑞登場，帶領大家演奏一場精彩的音樂會。

泰瑞今天依舊穿著黑色披風，戴著紅框眼鏡，左手拿著總譜，右手執著指揮棒。不同的是，這位從來不笑的「恐怖黑色披風客」今天臉上堆滿笑容，似乎非常開心，完全不像原來的他。

「超厲害管弦樂團」的團員們見到今天的指揮家泰瑞都有點不習慣，但是心裡又多了一份微微的安心感，彷彿這些日子以來的努力，一定會在泰瑞難得的笑容下得到回報一般。

泰瑞在觀眾的掌聲中站上指揮台，優雅地舉起指揮棒，接著，整齊劃一又華麗漂亮的聲

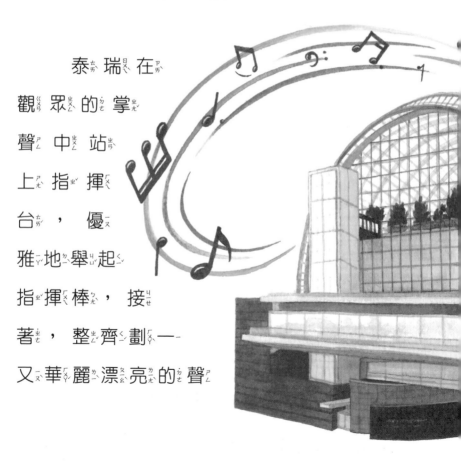

響就從樂團的各個樂器之間流淌出來，大家都陶醉在這天籟一般的聲響中，古巧慧一邊吹奏又一邊快噴眼淚了，她頓時之間覺得這一切辛苦都好值得，今晚的這場音樂會真是如在天堂吹笛一樣快樂！

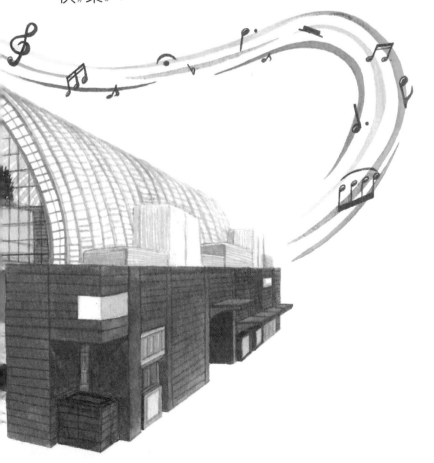

「Bravo！ Bravo！ 啪ㄆㄚ啪ㄆㄚ啪ㄆㄚ啪ㄆㄚ啪ㄆㄚ… 安ㄢ可ㄎㄜ安ㄢ可ㄎㄜ！ 」

「Bravo！ Bravo！ Bravo！ 啪ㄆㄚ啪ㄆㄚ啪ㄆㄚ啪ㄆㄚ啪ㄆㄚ… Encore！ Encore！ 」

音樂會結束後，掌聲此起彼落！歡呼聲也絡繹不絕！觀眾們瘋狂的程度已經快將市政府音樂廳的屋頂給掀開了！

指揮家泰瑞以及所有「超厲害管弦樂團」的團員們起立接受鼓掌時大家全都笑得合不攏嘴，坐古巧慧隔壁吹 Oboe 的 Emma 甚至一直開心的用手肘輕碰古巧慧，還比劃著說：「待會我們一起去吃東西！啃炸雞！吃薯條！好吧好吧？」古巧慧只是笑，她伸手進上衣口袋摸摸保護自己的愛心石頭，抿抿嘴想著堅定之果的酸味，腦海裡浮現自己在魔力琴房對著潛力鏡子努力練習的模樣，霎時之間好想去抱貓頭鷹，親親貓頭鷹的臉頰，感謝神奇音樂貓頭鷹這段時間所提供法寶的幫助。

音樂會結束的隔天，為了歡送指揮家泰瑞回紐約，一大早校長就將「超厲害管弦樂團」所有團員再次集合起來，在擺滿各式各樣琳瑯滿目點心的團練室感謝大家昨晚精彩的表演，也讓泰瑞跟同學們多說幾句話。指揮家泰瑞今天與平時更不一樣了，雖然還是穿著萬年不變的黑色披風，戴著紅框眼鏡，但是臉上的表情變得又和藹又慈祥，完全不是大家平常認識的那位既恐怖又嚴肅的指揮家。

終於，校長請泰瑞上台向同學們道別，泰瑞上了台清清喉嚨後說：

　　「親愛的同學們，你們這段時間辛苦了，每一個人都表現得非常好，Good Job！讓我覺得很榮幸也很開心！我會這麼嚴格的訓練各位，是因為各位都是最優秀的小小音樂家，並且在長大後的某一天，也會成為世界各個角落用動人音樂傳播美麗音符的專業音樂家，而要成為超厲害超專業的人之前，一定要經過辛苦無比的訓練！能夠克服辛苦無比的訓練，才會增強信心，才會壯大

意志，恭喜各位都通過了這個考驗，祝福大家！並且請記得，無論將來人生路上遇到什麼困難，永遠都要期待著美好的明天！再見了！我一定會想念大家的！Miss you all！」

所有同學聽了指揮家泰瑞的這番話都感動得掉下眼淚來，古巧慧甚至誇張的「哇……」放聲大哭，泰瑞走過去摸了摸古巧慧的頭說：「妳是我見過最勇敢的長笛手！加油喔！妳以後一定一定會成為很棒的音樂家的！」古巧慧被泰瑞鼓勵後哭得更大聲了，於是指揮家泰瑞就開玩笑的對古巧慧說：「再哭……就只好用我三個月沒洗的披風幫妳擦眼淚啦……」古巧慧這才破涕為笑。

傍晚下課後，古巧慧提著長笛袋開心的跑跳到神奇音樂貓頭鷹的雕像前，對貓頭鷹嘰嘰呱呱描述著音樂會以及指揮家泰瑞的一切，並且也誠心誠意的向貓頭鷹說了好幾次謝謝。

貓頭鷹先是微笑著一句話也不答，等古巧慧講到口渴拿水壺喝水時它才回說：

「巧慧啊！其實呢，這個世界上根本沒有什麼堅定之果、愛心石頭、潛力鏡子，我不是欺騙

妳喔，我只是要藉機告訴妳，要做好一件事，依靠的是堅定的信念，充滿正面的想法，以及積極的行動！現在妳明白了吧！依靠著妳自己的心，妳就可以成為一個獨立又勇敢的人，何況，妳還有愛妳的家人以及喜歡妳的朋友，加油喔！記得指揮家泰瑞說的吧！永遠，永遠都要期待著美好的明天！」

古巧慧對貓頭鷹用力點點頭
笑了笑，她覺得今天費城的晚霞
好美，好像是上天特別給她的祝
福一般。

國家圖書館出版品預行編目資料

暴躁的指揮家與勇敢的長笛手／連純慧著.彭蘭婷繪
--初版.--臺中市：連純慧，2018.6
　　面；　公分
ISBN　978-957-43-5423-8（平裝）
1.長笛 2.繪本
918.1　　　　　　　　　　　　　107004114

暴躁的指揮家與勇敢的長笛手

作　　　者　連純慧
繪　　　者　彭蘭婷
發 行 人　姜怡佳
出　　　版　連純慧
　　　　　　100台北市中正區鎮江街7號3樓之4
　　　　　　電話：（02）2392-3277
　　　　　　Email：collin.chia@gmail.com
設計編印　白象文化事業有限公司
　　　　　　專案主編：徐錦淳　經紀人：張輝潭
印　　　刷　基盛印刷工場
初版一刷　2018年6月
定　　　價　300元

純慧的音樂沙龍
Facebook 專頁